हिन्द पॉकेट बुक्स

हमारा राष्ट्रीय पक्षी मोर

मोर की सुन्दरता अनूठी है। इसका नाच देखते ही बच्चों और बड़ों का मन मयूर नाच उठता है। यह हमारा राष्ट्रीय पक्षी है, जिसकी निराली शान हमारी आँखों को राहत देती है। इसके पंख शुभ माने जाते हैं। कृष्ण जी तो मोर मुकुट ही पहनते थे। इसके ख़ुद के सिर पर भी कलगीनुमा ताज है। इसीलिए तो यह पक्षियों का राजा कहलाता है।

इन ख़ूबियों के कारण ही भारत सरकार ने 26 जनवरी, 1963 को इसे राष्ट्रीय पक्षी घोषित कर दिया। यह हमारी आस्थाओं के साथ-साथ राष्ट्रीयता का प्रतीक भी बन गया।

बच्चों और किशोरों के लिए इस सचित्र पुस्तक में मोर की सम्पूर्ण कहानी दी गई है। अंत में है प्रश्नोत्तरी, ताकि अपनी परीक्षा आप स्वयं ले सकें।

लेखक की अन्य पुस्तकें

- हमारा राष्ट्रीय पुष्प कमल
- हमारे राष्ट्रीय खेल
- हमारा राष्ट्रीय गीत
- हमारी राष्ट्रीय संस्कृति वैदिक
- हमारा राष्ट्रीय फल आम
- हमारा राष्ट्रीय चिह्न अशोक चक्र
- हमारा राष्ट्रीय वृक्ष बरगद
- हमारी राष्ट्रीय जलचर डॉल्फिन
- हमारी राष्ट्रीय नदी गंगा
- हमारा राष्ट्रीय ग्रंथ गीता
- हमारे राष्ट्रीय पर्व और दिवस
- हमारे राष्ट्रीय स्मारक
- हमारा राष्ट्रीय ध्वज तिरंगा
- हमारे राष्ट्रीय विरासत स्थल
- हमारी राजभाषा हिन्दी
- हमारे नेशनल पार्क
- लोकप्रिय बाल गीत
- हमारे देशभक्ति गीत
- हमारे राष्ट्रीय गीत
- शहीदों के अमर गीत
- महाभारत की कहानियाँ
- पुराणों की कहानियाँ
- रामायण की कहानियाँ
- बेताल पचीसी, दो भागों में
- महापुरुषों का बचपन
- महाराणा प्रताप
- बहादुर बेटी मलाला

सुरुचिपूर्ण एवं उपयोगी जानकारियाँ

हमारा राष्ट्रीय पक्षी
मोर

तेजपाल सिंह धामा

हिन्द पॉकेट बुक्स
पेंगुइन रैंडम हाउस इम्प्रिंट

हिन्द पॉकेट बुक्स

यूएसए | कनाडा | यूके | आयरलैंड | ऑस्ट्रेलिया | सिंगापुर
न्यू ज़ीलैंड | भारत | दक्षिण अफ्रीका | चीन

हिन्द पॉकेट बुक्स, पेंगुइन रैंडम हाउस ग्रुप ऑफ़ कम्पनीज़ का हिस्सा है,
जिसका पता global.penguinrandomhouse.com पर मिलेगा

पेंगुइन रैंडम हाउस इंडिया प्रा. लि.,
चौथी मंजिल, कैपिटल टावर -1, एम जी रोड,
गुड़गांव-122002, हरियाणा, भारत

पेंगुइन
रैंडम हाउस
इंडिया

प्रथम हिन्दी संस्करण हिन्द पॉकेट बुक्स द्वारा 2014 में प्रकाशित
यह संस्करण हिन्द पॉकेट बुक्स में, पेंगुइन रेंडम हाउस द्वारा 2021 में प्रकाशित

10 9 8 7 6 5 4 3 2

इस पुस्तक में व्यक्त विचार लेखक के अपने हैं, जिनका यथासंभव तथ्यात्मक सत्यापन किया गया है, और इस संबंध में प्रकाशक एवं सहयोगी प्रकाशक किसी भी रूप में उत्तरदायी नहीं हैं।

ISBN 9789353491116

मुद्रकः रेप्रो इंडिया लिमिटेड

www.penguin.co.in

FSC www.fsc.org MIX Paper from responsible sources FSC® C047271

This is a legitimate digitally printed version of the book and therefore might not have certain extra finishing on the cover.

अनुक्रमणिका

राष्ट्रीय पक्षी मोर

मोर हमारा राष्ट्रीय पक्षी है। हमारे अलावा यह श्रीलंका व म्यांमार का भी राष्ट्रीय पक्षी है। यह एक बहुत ही सुन्दर, आकर्षक तथा शान वाला पक्षी है। बरसात के मौसम में काली घटा छाने पर जब यह पक्षी पंख फैला कर नाचता है, तो ऐसा लगता है, मानो इसने हीरों-जड़ी शाही पोशाक पहनी हो। इसलिए इसे पक्षियों का राजा कहा जाता है। पक्षियों का राजा होने के कारण ही सृष्टि के रचयिता ने इसके सिर पर ताज जैसी कलगी लगाई है। सदियों से ही मोर मानव का मित्र रहा है और खासकर किसानों के खेतों में तो यह नाच-नाचकर जैसे धरती माता को सोना उगलने के लिए प्रेरित करता है।

मोर के अद्‌भुत सौंदर्य के कारण ही भारत सरकार ने 26 जनवरी, 1963 को राष्ट्रीय पक्षी घोषित किया। भारतीय जनमानस के मन में बसा और आस्थाओं से रचा-बसा पक्षी मोर, पैवो क्रिस्टेट्स, भारत का राष्ट्रीय पक्षी होने के कारण हमारी श्रद्धा का भी पंछी है। मोर

की दो प्रमुख प्रजातियां हैं – नीला या भारतीय मोर (पैवो क्रिस्टेट्स), जो भारत और श्रीलंका (भूतपूर्व सीलोन) में पाया जाता है और इन दोनों देशों ने ही अपना-अपना राष्ट्रीय पक्षी मानकर प्रकृति के इस अनमोल एवं अद्भुत प्राणी का सम्मान किया है। निश्चय ही मोर दोनों देशों के लिए काफी सौभाग्यशाली पक्षी रहा है। मोर के कारण ही दोनों देशों में सुख-समृद्धि का साम्राज्य रहा है और जब-जब इस पक्षी पर संकट आया है, तब-तब राष्ट्र पर भी संकट के बादल मंडराए हैं।

एक अन्य प्रकार का मयूर हरा मोर होता है। हरा या जावा का मोर (पि. म्यूटिकस), जो म्यांमार (भूतपूर्व बर्मा) से जावा तक पाया जाता है, वह भी बहुत ही मनमोहक होता है।

सन् 1913 में एक पंख मिलने से शुरू हुई खोज के बाद 1936 में कांगो मोर (अफ्रो पैवो कॉनजेनेसिस) का पता चला। यह मोर भी अपने आप में बड़ा ही अद्भुत होता है। जब वैज्ञानिकों को यह पंख मिला तो वे भी आश्चर्य में पड़ गए थे,

क्योंकि इस तरह के पंख कभी देखने को नहीं मिले थे और इसी पंख की बदौलत मोर की नई प्रजाति की सघन खोज की गई।

मोर के अन्य नाम

- फैसियानिडाई परिवार के सदस्य मोर का वैज्ञानिक नाम पैवो क्रिस्टेट्स है। पक्षी विज्ञान के अंतर्गत इस मोर के बारे में भारत के समस्त कृषि विश्वविद्यालयों में अध्ययन कराया जाता है।
- अंग्रेजी भाषा में इसे ब्ल्यू पीफॉउल अथवा पीकॉक कहते हैं। आंग्ल प्रजाति भी मोर से काफी प्रभावित रही है, इसलिए इसके शिकार पर समय-समय पर प्रतिबंध भी लगाया गया।
- संस्कृत भाषा में यह मयूर के नाम से जाना जाता है। रामायण, महाभारत आदि संस्कृत के तमाम ग्रंथों में इसका वर्णन मिलता।
- मोर को नागान्तक भी कहते हैं।
- अरबी भाषा में मोर को ताऊस कहते हैं। मुगल शासकों ने एक सिंहासन का नाम भी मोर के नाम पर ही तो रखा था। यह सिंहासन दिल्ली के लाल किले में स्थापित किया गया था।

इस प्रकार बच्चो, आप जान गए हैं कि मुख्यतः मोर नीले रंग में पाया जाता है, परंतु यह सफेद, हरे व जामनी रंग का भी होता है। अब सवाल पैदा होता है कि मोर की उम्र कितनी होती है और इसका आकार-प्रकार क्या होता है, तो आपकी इस शंका का समाधान भी किया जाता है। मोर की उम्र 25 से 30 वर्ष तक होती है।

कैसे पहचानोगे मोर!

नर मोर की लंबाई लगभग 215 सेंटीमीटर तथा मादा मोर की लंबाई लगभग 50 सेंटीमीटर ही होती है। नर और मादा मोर की पहचान करना बहुत आसान है। नर के सिर पर बड़ी कलंगी तथा मादा के सिर पर छोटी कलंगी होती है। नर मोर की पूंछ पर लंबे व सजावटी पंखों का एक गुच्छा होता है।

मादा पक्षी के ये सजावटी पंख नहीं होते। वर्षा ऋतु में मोर जब पूरी मस्ती में नाचता है, तो उसके कुछ पंख टूट जाते हैं। वैसे भी वर्ष में एक बार अगस्त के महीने में मोर के सभी पंख झड़ जाते हैं। ग्रीष्म-काल के आने से पहले ये पंख फिर से निकल आते हैं।

कांगो मोर अफ्रीका में पाया जाने वाला एकमात्र फैसिएनिड है। इनमें नर मुख्यतः नीले और हरे रंग का होता है और इसकी पूंछ छोटी और गोल होती है। मादा लाल या हरे रंग की होती है और उसके ऊपरी हिस्से में भूरा रंग होता है। यह बहुत ऊंचा होता है तथा देर तक नहीं उड़ पाता, परंतु इसकी दृष्टि व सूंघने की शक्ति बहुत तेज होती है। अपने इन्हीं गुणों के कारण यह अपने मुख्य दुश्मनों कुत्तों तथा सियारों की पकड़ में कम ही आता है।

पैवो की दोनों प्रजातियों में नर का शरीर 90-130 सेंटीमीटर का होता है और चमकीले धातुई हरे रंग के पंखों की लंबाई 150 सेंटीमीटर तक होती है। ये पंख मुख्यतः ऊपरी पूंछ के हिस्सों से बने होते हैं, जो काफी लंबे होते हैं। हर पंख के छोर पर आंख के समान एक सतरंगी निशान होता है, जिस पर नीले और तांबई रंग के छल्ले बने होते हैं। मादा को रिझाने के लिए नर अपने पंखों को ऊपर उठाकर फैला लेता है और उन्हें कंपित करता है, जिससे चमकीली झलक और सरसराहट की आवाज पैदा होती है। नीले मोर के पंखों का रंग अधिकांशतः धातुई नीले-हरे रंग का होता है।

हरे मोर के पंख नीले मोर के समान ही होते हैं और इसके शरीर के पंखों का रंग हरा और तांबई होता है। दोनों प्रजातियों की मादाओं का रंग हरा और भूरा होता है और आकार लगभग नर जितना ही

होता है, लेकिन इनके लंबे पंख और कलंगी नहीं होती। प्राकृतिक रूप से दोनों प्रजातियां खुले निचले जंगलों में दिन के समय झुंड में रहती हैं और रात में पेड़ों की ऊंची शाखाओं पर विश्राम करती हैं।

भारत में पाया जाने वाला मोर और हमारा प्यारा राष्ट्रीय पक्षी रंगीन, हंस के आकार का पक्षी, पंखे की आकृति जैसी पंखों की कलंगी, आंख के नीचे सफेद रंग और लंबी पतली गर्दन वाला होता है। इसकी आवाज अति प्रिय होती है। इस प्रजाति का नर मादा से अधिक रंगों से भरा होता है, जिसका चमकीला नीला सीना और गर्दन होती है और अत्यधिक मनमोहक कांस्य गहरे हरे रंग के 200 लम्बे पंखों का गुच्छा होता है। मोर के इन पंखों की संख्या 150 के लगभग होती है। मादा (मोरनी) भूरे रंग की होती है, नर से थोड़ी छोटी होती है और इसके पास रंग भरे पंखों का गुच्छा नहीं होता है।

मोर का महत्व

भगवान कृष्ण के मुकुट में लगा मोर का पंख इस पक्षी के महत्त्व को दर्शाता है। भगवान श्रीकृष्ण मोरों से बहुत प्रेम करते थे और उन्होंने मोर के चंदे को हीरे-मोती जड़ित स्वर्ण मुकुट से भी उच्च स्थान दिया था। बचपन से ही भगवान श्रीकृष्ण मोर के चंदे मोर मुकुट के स्थान पर लगाते थे। राधा को अपनी बंशी

की धुन सुनाते समय भी उनके सिर पर मोर मुकुट विराजमान रहता था। राधा को मोर पंख घर में ले जाकर रखना बहुत अच्छा लगता था। मोर पंखों की पिच्छी से राधा हवा किया करती थी।

महाकवि कालिदास ने तो अपने महाकाव्य मेघदूत में मोर को राष्ट्रीय पक्षी से भी अधिक ऊंचा स्थान दिया है। कालिदास ने मोरों को ईश्वर का दूत माना है और सुख एवं समृद्धि का प्रतीक बताया है।

भारत के राजा-महाराजाओं को भी मोर बहुत पसंद रहा है। प्रसिद्ध सम्राट चंद्रगुप्त मौर्य के राज्य में जो सिक्के चलते थे, उनमें एक तरफ मोर बना होता था।

मुगल बादशाह शाहजहां जिस तख्त पर बैठता था, उसकी शक्ल मोर की थी। दो मोरों के मध्य बादशाह की गद्दी थी तथा पीछे पंख फैलाए मोर। हीरों-पन्नों से जड़े इस तख्त का नाम तख्त-ए-ताऊस रखा गया। तख्त-ए-ताऊस के सामने अनेक राजा अपना मस्तक झुकाया करते थे। लेकिन अफसोस कि अब यह सिंहासन भारत में नहीं है और इस सिंहासन का सबसे बड़ा हीरा कोहिनूर भी आज हमारे पास नहीं है। कोहिनूर जड़ित इस मोर सिंहासन को आतंकी चंगेज खान लूट कर ले गया था। कालांतर में महाराजा रणजीत सिंह कोहिनूर हीरा जीतकर भारत में ले आए थे, लेकिन इसका भारत में रहना ही नहीं लिखा था, इसलिए जब अंग्रेजों ने पंजाब पर अधिकार किया तो वे इस हीरे को लूटकर ब्रिटेन ले गए और अपनी महारानी को भेंट किया। महारानी एलिजाबेथ ने इसे अपने मुकुट में जड़ लिया और लूटे गए हीरे पर इतराने लगी।

जनमानस में अनेक कहावतें और लोकोक्तियां मोर को लेकर प्रचलित हैं।

मोर प्रारंभ से ही मनुष्य के आकर्षण का केंद्र रहा है। अनेक धार्मिक कथाओं में मोर को बहुत ऊंचा दर्जा दिया गया है।

हिन्दू धर्म में मोर को मार कर खाना महापाप समझा जाता है। लेकिन कई मुस्लिम देशों में मोर को मारकर खाया जाता है और इस कारण प्रकृति के इस अद्भुत पक्षी की संख्या निरंतर घटती जा रही है।

सजावटी पक्षी के रूप में मोर

सजावटी पक्षी के रूप में दुनिया के कई चिड़ियाघरों में मोर एक प्रमुख पक्षी है और यह पुरानी दुनिया में लंबे समय से प्रख्यात रहा है। बंदी अवस्था में हरे मोरों को अन्य पक्षियों से अलग रखना पड़ता है, क्योंकि इनका स्वभाव आक्रामक होता है। नीले मोर हालांकि गर्म और नम क्षेत्र के निवासी हैं, लेकिन ये उत्तरी क्षेत्र की ठंड में भी जीवित रह सकते हैं, हरे मोर ज्यादा ठंड नहीं झेल सकते। मनमोहक मोर को देखकर हस्तशिल्पकला को भी चार चांद लगे हैं और मोरों की आकृति की अनेक हस्तशिल्प अर्थात हाथ से वस्तुएं बनाई जाती हैं। भारत के पंजाब और हरियाणा में मोर की आकृति की अनेक हस्तशिल्प वस्तुएं

बनाई जाती हैं और भारी संख्या में उनका विदेशों में निर्यात करके विदेशी धन भी भारत में लाया जाता है। इसलिए मोर की आकृति मात्र को भी धन-संपत्ति प्रदान करने का कारण माना जाता है। कई हस्तशिल्प वस्तुओं में मोरों के चंदों का उपयोग भी किया जाता है। लेकिन यह चंदे मोर को मारकर प्राप्त नहीं किये जाते जैसा कि कुछ बच्चे शंका कर सकते हैं। वास्तव में नाचने के दौरान मोर के कुछ पंख अर्थात् चंदे गिर जाते हैं, जिन्हें उठाकर इकट्ठा कर लिया जाता है और उनका उपयोग हस्तशिल्प वस्तुओं में किया जाता है।

मोर का नृत्य

वर्षा ऋतु में मोर पूरी मस्ती में नाचता है। बरसात में काली घटा छाने पर मोर पंख फैला कर नाचता है। मोर का ध्यान आते ही कई लोगों के पांव थिरकने लगते हैं। कहते हैं मनुष्य ने नाचना मोर से

ही सीखा है। नर के दरबारी नाच में पंखों को घुमाना और पंखों को संवारना एक सुंदर दृश्य उपस्थित करता है।

मोर का भोजन

मोर एक सर्वाहारी पक्षी है। मोर की मुख्य खुराक घास, पत्ते, ज्वार, बाजरा, चने, गेहूं व मकई है। इसके अतिरिक्त यह बैंगन, टमाटर, घीया तथा प्याज जैसी सब्जियां भी स्वाद से खाता है। अनार, केला व अमरूद जैसे फल भी यह चाव से खाता है। मोर मुख्य रूप से किसानों का मित्र-पक्षी है। यह खेतों में से कीड़े-मकोड़े, चूहे, छिपकलियां, दीमक व सांपों को खा जाता है। खेतों में खड़ी लाल मिर्च को खाक़र यह किसान को थोड़ी हानि भी पहुंचाता है।

मोर मूलतः वन्य पक्षी है, लेकिन भोजन की तलाश इसे कई बार मानव-आबादी तक ले आती है। महाभारत में कहा गया है कि भगवान श्रीकृष्ण की वाटिका में मोर बड़ी संख्या में रहते थे और जब भगवान श्रीकृष्ण गोपूजा करते थे, तो उस समय सबसे पहले प्रसाद मोरों को ही दानें के रूप में दिया जाता था। आज जंगल उजड़ रहे हैं, बाग खत्म हो रहे हैं, इसलिए मोरों के रहने के लिए स्थानों पर मनुष्य का हस्तक्षेप बढ़ गया है। परंतु मोरों ने अपने आपको इसी अनुरूप ढाल लिया है। कई बार ये पक्षी भोजन की तलाश में लोगों के घरों में भी आ जाते हैं और अद्भुत अतिथि बनकर सेवा का अवसर प्रदान करते हैं। निश्चय ही मोरों का मित्रतापूर्ण स्वभाव लोगों को आकर्षित और रोमांचित करता है। कई बार गांवों में छोटे बच्चो के पास से रोटी का टुकड़ा उठाकर भी इन्हें ले जाते देखा गया है। शहरों में भी राष्ट्रीय

उद्यानों में जहां यह रहते हैं, वहां से देर-सवेर भोजन की तलाश में लोगों के घरों तक दस्तक दे देते हैं।

पारिवारिक इकाई

मोर एक प्रेमी पक्षी है। नर और मादा के बीच बेहद प्रेम होता है, लेकिन नर जहां एक से अधिक मादाओं को अपनी प्रेमिका बनाना पसंद करता है, वहीं मादा एक ही नर को अपना इष्ट मानती है और उसी के साथ रहती है। बच्चे होने पर वह अपने साथी से ज्यादा अपने बच्चो से प्रेम करती है।

प्रजनन काल में नर दो से पांच मादाओं का हरम बनाता है, जिनमें से प्रत्येक जमीन में बने गड्ढे में चार से आठ सफेद रंग के अंडे देती है। मादा मोर साल में दो बार अंडे देती है, जिनकी संख्या 6 से 8 तक रहती है। अंडों में से बच्चे 25 से 30 दिनों में निकल आते

हैं। बच्चे तीन-चार साल में बड़े होते हैं। मोर के बच्चे कम संख्या में ही बच पाते हैं, क्योंकि जंगलों में मोरों के बच्चो के शत्रु बहुत होते हैं। छोटे नन्हें पक्षी होने के कारण ये न तो उड़ पाते हैं और न ही तेज गति से दौड़कर छुपना जानते हैं। इसलिए इनमें से अधिकांश को कुत्ते तथा सियार खा जाते हैं।

बहुत ही सीधे पक्षी होते हैं ये, इनके इसी सादगीपन का लाभ अन्य जंगली पक्षी और जानवर उठाते हैं। लेकिन नर और मादा अपने बच्चों के आसपास रहकर इनकी सुरक्षा का दायित्व अवश्य उठाते हैं। इसलिए इनका परिवार प्रेम परिपूर्ण एवं सहयोग भरा होता है।

मोरों की कल्याण भावना

मोर किसी जीव को सताते नहीं हैं, इसलिए इन्हें कल्याण भावना वाला पक्षी भी माना जाता है। यही नहीं मोरों के जो चंदे गिर जाते हैं, उनके द्वारा भी मानव का बहुत कल्याण होता है।

मुझसे एक बार एक बच्चे ने पूछा था कि कई मंदिर और मस्जिद में मोर पंख की झाड़ू सर पर मारते हैं, इसके पीछे क्या लॉजिक हैं?

इस पुस्तक के माध्यम से मैं उस मासूम बच्चे के प्रश्न का हल देना चाहता हूं। दरअसल मोर पंखों की झाड़ू से सिर पर मारने का काम मंदिरों में नहीं, बल्कि दरगाह पर ही होता है। ऐसा माना जाता है कि इससे उस महान सूफी संत का आप को आशीष मिलता है। लेकिन हमने दिल्ली के हिन्दू संत समेराम की समाधि स्थल पर भी एक मोर पंख की झाड़ू देखी है, जो वहां आने वाले श्रद्धालुओं के सिर पर फेरी जाती है। हां, जैन संतों में भी मोर पंखों की पिच्छी रखने की परम्परा है। परंतु वहां भी कल्याण भावना ही निहित होती है। मोर के पंखों की संख्या 150 के लगभग होती है।

मोर का परिणय निवेदन

मोर ज़्यादातर खुले वनों में वन्यपक्षी की तरह रहते हैं। नर की एक खूबसूरत और रंग-बिरंगी परों से बनी पूंछ होती है, जिसे वो खोलकर प्रणय निवेदन के लिये नाचता है, विशेष रुप से बसन्त और बारिश के मौसम में। मोर की मादा मोरनी कहलाती है। जावाई मोर हरे रंग का होता है। अरे हां मोरनी को लेकर याद आया। 'मासूम' फिल्म

में एक बहुत सुंदर गीत भी है – 'नानी तेरी मोरनी को मोर ले गए' यह गीत बहुत ही लोकप्रिय गीत रहा है और कई दशकों बाद आज भी बच्चो को मोहित करता है। क्यों न करे, क्योंकि मोर की शान होती ही निराली है।

मौर्य वंश और मोर खाप

मोर मानव का हमेशा से मित्र रहा है और मनुष्य को वैभवपूर्ण बनाने में मोर का महत्वपूर्ण योगदान रहा है। यही कारण है कि जिन वंशों का मोरों के माध्यम से उत्थान हुआ है, उन्होंने अपने नाम के आगे उपनाम मोर तक रख लिया और बाद में यह परम्परा सी चल पड़ी। हमारे देश में खाप के बारे में तो आप लोगों ने सुना ही होगा।

दिल्ली के चारों ओर 125 कोस के घेरे में गुप्तकाल के बाद से जब यौधेयगुण क्षीण हो गया था, तब सब खापों का संगठन बिखर गया था। उस समय तत्कालीन राजा हर्षवर्धन ने कन्नौज में सभी खापों के पंचों को इकट्ठा करके एक संगठन बनाया और इस संगठन का नाम सर्वखाप पंचायत रखा था। तब से लेकर स्वतन्त्रता प्राप्ति तक प्राचीन हरयाणा के ये पंचायती मल्ल सैनिक अवैतनिक रूप से अर्थात् बिना वेतन लिये देशसेवा करते आए हैं। परंतु हम आपको बता दें कि मोर खाप सर्वखाप से भी पुरानी है और इसका अस्तित्व आज तक है। मोर खाप के पूर्वज प्राचीन काल में मोरों के पालन में विश्वास रखते थे।

इस खाप के कई लोग सम्राट चंद्रगुप्त मौर्य को भी अपना पूर्वज मानते हैं, लेकिन सम्राट चंद्रगुप्त मौर्य के पूर्वज भी वास्तव में मोर

पालन ही करते थे और इसी कारण इस वंश का नाम ही मौर्य वंश पड़ा।

सम्राट चंद्रगुप्त मौर्य के राज्यारोहण की तिथि साधारणतया 324 ई.पू. निर्धारित की जाती है। उन्होंने लगभग 24 वर्ष तक शासन किया, और इस प्रकार उनके शासन का अंत प्रायः 300 ई.पू. में हुआ। जैन परिशिष्टपर्वन के अनुसार चंद्रगुप्त मौर्य मयूरपोषकों के एक ग्राम के मुखिया की पुत्री से उत्पन्न थे। मध्यकालीन अभिलेखों के साक्ष्यानुसार मौर्य सूर्यवंशी मांधाता से उत्पन्न थे। बौद्ध साहित्य में मौर्य क्षत्रिय कहे गए हैं। महावंश चंद्रगुप्त कोमोरिय (मौर्य) को खत्तियों से पैदा हुआ बताता है। दिव्यावदान में बिंदुसार स्वयं को मूर्धाभिषिक्त क्षत्रिय कहते हैं। सम्राट अशोक भी स्वयं को क्षत्रिय बताते हैं। महापरिनिब्बान सुत्त से मोरिय पिप्पलिवन के शासक, गणतांत्रिक व्यवस्थावाली जाति के सिद्ध होते हैं। पिप्पलिवन ई.पू. छठी शताब्दी में नेपाल की तराई में स्थित रुम्मिनदेई से लेकर आधुनिक देवरिया जिले के कसया प्रदेश तक को कहते थे। मगध साम्राज्य की प्रसार नीति के कारण इनकी स्वतंत्र स्थिति शीघ्र ही समाप्त हो गई। यही कारण था कि चंद्रगुप्त का मयूरपोषकों, चरवाहों तथा लुब्धकों के संपर्क में पालन हुआ। परंपरा के अनुसार वह बचपन में अत्यंत तीक्ष्ण ाबुद्धि था, एवं समवयस्क बालकों का सम्राट बनकर उनपर शासन करता था। ऐसे ही किसी अवसर पर चाणक्य की दृष्टि उसपर पड़ी, फलतः चंद्रगुप्त उन्हें लेकर तक्षशिला गए जहां उन्हें राजोचित शिक्षा दी गई। ग्रीक इतिहासकार जस्टिन के अनुसार साद्रोकात्तस (चंद्रगुप्त) साधारण जन्मा था।

सिकंदर के आक्रमण के समय लगभग समस्त उत्तर भारत धनानंद द्वारा शासित था। नंद सम्राट अपनी निम्न प्रवृत्ति एवं निरंकुशता के कारण जनता में अप्रिय थे। ब्राह्मण चाणक्य तथा चंद्रगुप्त ने राज्य में व्याप्त असंतोष का सहारा ले नंद वंश को उच्छिन्न करने का निश्चय किया। अपनी उद्देश्य सिद्धि के निमित्त चाणक्य और चंद्रगुप्त ने एक विशाल विजयवाहिनी का प्रबंध किया। ब्राह्मण ग्रंथों में नंदोन्मूलन का श्रेय चाणक्य को दिया गया है। लेकिन मौर्यों के बिना यह संभव न था। इसलिए मौर्य वंश को देश में क्रांति का अग्रदूत भी माना जाता है। कहने को साधारण सी बात है कि मौर्य वंश या मोर खाप के लोगों के पूर्वज मोर पाला करते थे, लेकिन क्या यह कम महत्वपूर्ण है कि इन्हीं के पूर्वजों ने अत्याचारी नंद शासक का अंत करके देश में एक नई शासन प्रणाली की शुरुआत की थी।

मोर प्रेमी कुछ अन्य शासक

सम्राट अशोक ने मोर की सुंदरता पर मुग्ध होकर इसकी हत्या पर दंड का प्रावधान किया था। मौर्य वंश का राष्ट्रीय प्रतीक मोर ही था। मोर खाप के लोग आज भी मोर की हत्या को महापाप मानते हैं और मोरों की हत्या होने पर कई बार इन्होंने स्वतंत्र भारत में आंदोलन तक भी किए हैं।

मुगल शासक और भारत में विदेशी आक्रांता के नाम से मशहूर बाबर ने अपनी आत्मकथा का प्रारम्भ मोर के वर्णन से ही किया है। बाबर मोरों से बहुत प्रेम करते थे। भले ही उन्होंने भारत में अनेक मंदिर तोड़े हों, हिरण और शेरों का शिकार किया हो, लेकिन मोरों

की हत्या उन्होंने न तो की और न ही होने दी। बस उनमें यही एक गुण था कि उन्हें मोरों से बेहद प्रेम था।

उनके बाद भी अन्य मुगल शासक अपने उद्यान में मोर पालते थे, शाहजहां ने तो अपने सिंहासन को तख्त-ए-ताऊस (मयूर सिंहासन) नाम ही दे डाला था, इसका उल्लेख हम पहले ही कर चुके हैं। अन्य विदेशी शासकों की बात करें तो कहते हैं कि सिकन्दर ईसा पूर्व 326 में भारत से लौटते समय अपने साथ मोर का एक जोड़ा ले गया था और वहां से ही मोर रोम तथा इंगलैंड तक पहुंच गया।

राजा सोलोमन को मोर इतना प्रिय था कि उसने भारत के एक नरेश से मोर का उपहार भी लिया था। और उसे केवल निहारने के लिए ही अपने उद्यान में रख लिया था। वर्षा ऋतु के समय वह मोर का नाच देखने के लिए दरबार तक छोड़ देते थे।

भारतीय राग-रागिनियों में चित्राकृतियों में प्रस्तुत रागमाला में अधिकांश मोर की उपस्थिति मिलती है। मोर की सौंदर्य महिमा अपरम्पार है। वह सौंदर्य से परिपूर्ण, विशाल और विलक्षण पक्षी है, सत्यम् शिवम् सुंदरम् की सुंदर अभिव्यक्ति है। उसका सौंदर्य उसकी त्वचा में नहीं उसके नृत्य कौशल में मौजूद है।

विजयनगर के राजा कृष्णदेव राय के उद्यान में भी असंख्य मोर रहते थे। उसे मोरों से बहुत प्रेम था। वैसे तो वह प्रकृति प्रेमी ही था और प्रकृति की हर वस्तु से उसे प्रेम था। पर उनके विषय में एक कहानी बड़ी प्रसिद्ध है, जो लाल मोर से संबंध रखती है। हम उसे यहां सुनाना चाहेंगे।

लाल मोर की कहानी

विजयनगर के राजा कृष्णदेव राय को अनोखी चीजों को जमा करने का बहुत शौक था। हर दरबारी उन्हें खुश करने के लिए ऐसी ही चीजों की खोज में लगे रहते थे, ताकि राजा को खुश कर उनसे मोटी रकम वसूल सके।

एक बार कृष्णदेव राय के दरबार में एक दरबारी ने एक मोर को लाल रंग में रंग कर पेश किया और कहा कि महाराज इस लाल मोर को मैंने बहुत मुश्किल से मध्य प्रदेश के घने जंगलों से आपके लिए पकड़ा है।

''बहुत खूब!'' राजा ने बहुत गौर से मोर को देखा। उन्होंने लाल मोर कहीं नहीं देखा था, ''आज से पहले तो हमने लाल मोर देखा ही नहीं था।'' राजा बहुत खुश हुए। उन्होंने कहा कि वास्तव में आप अद्‌भुत चीज लाए हैं।

''अब तो देख लिया ना राजन! हमने इस मोर को बड़े ही कठिन प्रयास से पकड़ा है।''

''हां देख लिया, अच्छा आप बताएं इस मोर को लाने में कितना खर्च पड़ा। हम तुम्हें इसका फल देना चाहते हैं, क्योंकि बिना शुल्क चुकाए हम कोई भी उपहार स्वीकार नहीं करते, यह तो आप जानते ही होंगे।''

दरबारी अपनी प्रशंसा सुनकर आगे की चाल के बारे में सोचने लगा। उसने कहा, ''मुझे इस मोर को खोजने में करीब पच्चीस हजार रुपए खर्च करने पड़े।''

राजा ने पच्चीस हजार रुपए के साथ पांच हज़ार रूपये पुरस्कार राशि की भी घोषणा की। राजा की घोषणा सुनकर वह दरबारी तेनालीराम की तरफ देखकर मुस्कराने लगा।

तेनालीराम उसकी कुटिल मुस्कराहट देखकर समझ गए कि यह जरूर उस दरबारी की चाल है। वह जानते थे कि लाल रंग का मोर कहीं नहीं होता। बस फिर क्या था, तेनालीराम उस रंग विशेषज्ञ की तलाश में जुट गए।

दूसरे ही दिन उन्होंने उस चित्रकार को खोज निकाला। वे उसके पास चार मोर लेकर गए और उन्हें रंगवाकर राजा के सामने पेश किया, "महाराज हमारे दरबारी मित्र, पच्चीस हजार में केवल एक मोर लेकर आए थे, पर मैं उतने में चार लेकर आया हूं।"

वाकई मोर बहुत खूबसूरत थे। राजा ने तेनालीराम को पच्चीस हजार रुपए देने की घोषणा की। तेनाली राम ने यह सुनकर एक व्यक्ति की ओर संकेत किया, "महाराज अगर कुछ देना ही है तो इस चित्रकार को दें। इसी ने इन नीले मोरों को इतनी खूबसूरती से रंगा है।" राजा को सारा गोरखधंधा समझते देर नहीं लगी। वह समझ गए कि पहले दिन दरबारी ने उन्हें मूर्ख बनाया था। राजा ने उस दरबारी को पच्चीस हजार रुपए लौटाने के साथ पांच हजार रुपए दण्ड का आदेश दिया। चित्रकार को उचित पुरस्कार दिया गया। दरबारी फिर क्या करता, वह अपना-सा मुंह लेकर रह गया। यह कहानी देशभर में बड़ी चर्चित है। हालांकि आप भी जान गए कि लाल मोर होता ही नहीं। मोरों के प्रकार के बारे में आपको पहले ही बता दिया है। लेकिन हम एक उदाहरण और देना चाहेंगे। आधुनिक काल के भी

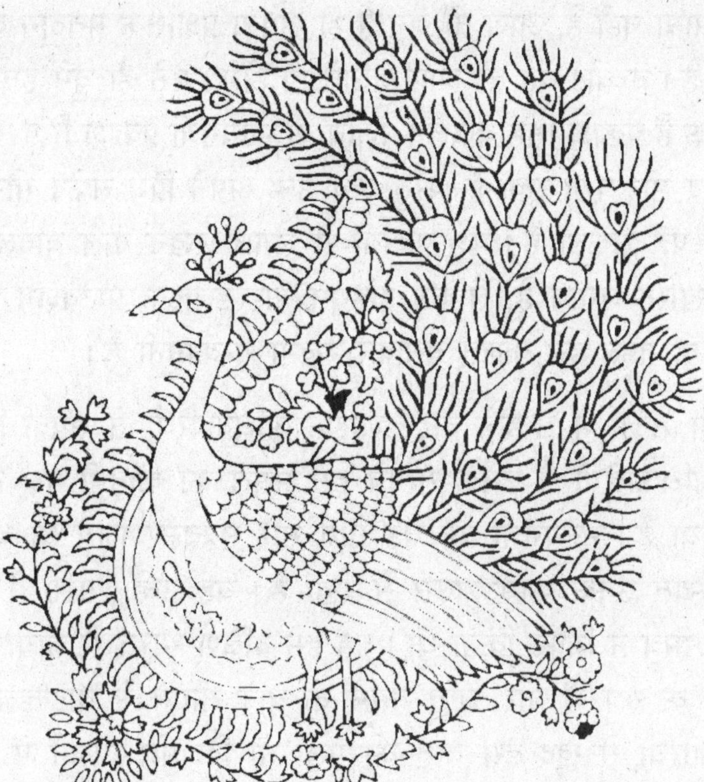

एक प्रशासक मोर पालते हैं और वह नीला या हरा नहीं बल्कि उनके पास सफेद मोर है। आपने देखा है सफेद मोर! शायद नहीं, लेकिन सच्चाई यह है कि सफेद मोर भी होता है और मैंने भी सफेद मोर आंध्र प्रदेश में पालमूर के चिड़ियाघर में देखा था।

बादल का सफेद मोर

पंजाब के मुख्यमंत्री प्रकाश सिंह बादल का नाम तो आपने सुना ही होगा। दो बार मुख्यमंत्री बने हैं ये जनाब। आज राजा-महाराजाओं

का जमाना नहीं है, आज तो जनता ही अपना प्रशासक मतदान करके चुनती है। बच्चो! यह तो आप जानते ही होंगे। ऐसे ही चुने हुए एक प्रशासक हैं प्रकाश सिंह बादल। पंजाब के मुख्यमंत्री प्रकाश सिंह बादल ने सफेद मोर पाल रखा है, परंतु अब उन्हें अपने प्रिय सफेद मोर को छोड़ना पड़ सकता है। पशु-पक्षियों से लगाव रखने वाले बादल को इससे खासा लगाव है, लेकिन इंडियन वाइल्डलाइफ प्रोटेक्शन एक्ट 1972 के तहत इसे पालतू बनाकर रखना गैरकानूनी है।

इस संदर्भ में उन्होंने वाइल्डलाइफ अधिकारियों से संपर्क किया था। अधिकारियों ने उनके सामने इस मसले का कानूनी पक्ष स्पष्ट कर दिया है। मुख्यमंत्री का यह प्रिय मोर मुक्तसर जिले के बादल गांव स्थित उनके फार्म हाउस में रखा है। यह उन्हें 2010 में एक करीबी मित्र ने गिफ्ट किया था। वह इसे दक्षिण भारत से लाया था। उपहार के रूप में मोर प्राप्त करने के बाद सीएम ने वाइल्डलाइफ अधिकारियों से खुद इस बात को पूछा था कि मोर पालने में कोई दिक्कत तो नहीं। इससे वाइल्ड लाइफ कानून का उल्लंघन तो नहीं होता?

पंजाब के चीफ वाइल्ड लाइफ वॉर्डन धीरेन्द्र सिंह ने बताया कि मुख्यमंत्री प्रकाश सिंह बादल को इस संबंध में कुछ वरिष्ठ अधिकारियों ने गलत जानकारी दी थी। वरिष्ठ अधिकारियों ने उनसे कहा था कि सफेद मोर भारतीय कानून के दायरे में नहीं आता, इसलिए इसे पालने में कोई हर्ज नहीं है। धीरेन्द्र सिंह ने बताया कि सीएम बादल ने उनसे खुद बात की थी और उन्होंने सीएम को बता दिया है कि चूंकि मोर राष्ट्रीय पक्षी है, इसलिए इसे पाला नहीं जा सकता।

मुख्यमंत्री ने मुक्तसर जिले के अपने फार्महाउस में पक्षियों का एक घर बना रखा है, जहां पक्षियों को पाला जाता है और पशुपालन विभाग के डॉक्टरों और छतबीर जू के वेटरनरी डॉक्टर समय-समय पर इनके स्वास्थ्य की जांच करते हैं।

मोर पालने के लिए अनुमति जरूरी

मोर को जंगल से पकड़ने या जू से लेकर इसे पालतू रूप में रखने की इजाजत सिर्फ केंद्रीय पर्यावरण व वन मंत्रालय से ही ली जा सकती है। सीएम बादल के स्पेशल प्रिंसिपल सेक्रेटरी केजेएस चीमा ने बताया कि उन्हें सफेद मोर की जानकारी नहीं है। वे सीएम से बात करने के बाद ही कुछ कह सकेंगे। लेकिन बच्चो! हमने यह मोर भी देखा है और बादल इस मोर को सप्ताह में एक बार अवश्य देखते हैं। उन्हें बहुत प्रिय है यह! परंतु क्या सफेद मोरों की प्रजाति होती है! शायद आप यही शंका कर रहे हों, क्योंकि हमने पुस्तक के शुरू में जहां मोरों की प्रजाति लिखी है वहां सफेद प्रजाति का उल्लेख नहीं किया है। चलो हम आपको सफेद मोर की जाति का भी रहस्य बात देते हैं। वास्तव में सफेद मोरों की कोई प्रजाति होती ही नहीं, तो अब आप ये कहेंगे कि यदि सफेद मोरों की प्रजाति नहीं होती तो फिर मुख्यमंत्री बादल ने सफेद मोर कहां से पाला! भई आपका कहना भी सही है। लेकिन चलो हम इसका रहस्य बता ही देते हैं।

पिगमेंटेशन पफेल्यर से हुआ सफेद

वाइल्ड लाइफ इंस्टीट्यूट ऑफ़ इंडिया, देहरादून के वैज्ञानिक व मोर

विशेषज्ञ डॉ. एस सत्यकुमार के अनुसार, सफेद मोर ब्लू पीफॉउल (नीला मोर) ही होता है, लेकिन पिगमेंटेशन फेल होने से उसका रंग ऐसा हो जाता है। व्हाइट पीकॉक की अलग से कोई नस्ल नहीं होती। उन्होंने बताया कि नीला मोर वाइल्ड लाइफ प्रोटेक्शन एक्ट के अंतर्गत संरक्षित प्रजातियों में आता है।

मोरों पर संकट

मोरों की संख्या देशभर में घटती जा रही है, यह गहरी चिंता का विषय है, क्योंकि यदि हम अपने राष्ट्रीय पक्षी को ही सुरक्षित नहीं रख पाए, तो इतिहास हमें कभी क्षमा नहीं करेगा। हालांकि कई राज्यों में मोरों के संरक्षण के लिए काफी कुछ किया जा रहा है, लेकिन वह पर्याप्त नहीं है। कुछ राज्यों की मोरों की रक्षा के लिए की जा रही पहल यहां देना उचित समझते हैं, ताकि संरक्षण के लिए प्रेरणा ली जा सकेः

पंजाब

मोरों की घटती संख्या से चिंतित पंजाब सरकार ने मोर प्रजनन परियोजना शुरू की है। राज्य के तत्कालीन वन एवं वन्यजीव मंत्री अरुणेश शकीर के प्रयासों से मोरों का यहां संरक्षण होना शुरू हुआ था। उनके अनुसार, सरकार मोरों पर कीटनाशकों के दुष्प्रभाव से बेहद चिंतित है। इसलिए हमने मालवा क्षेत्र में विशेष 'मोर प्रजनन' परियोजना शुरू की है। मनसा, भटिंडा, मुक्तसर, मोगा, फिरोजपुर और संगरूर में शहरीकरण तथा कीटनाशकों का इस्तेमाल बढ़ने के कारण मोरों की तादाद में तेजी से कमी आई है।

यह केंद्र सरकार द्वारा प्रायोजित परियोजना है और इसका उद्देश्य मोरों की संख्या में वृद्धि करना है। परियोजना के तहत मोहाली जिले के चतबीर चिड़ियाघर और लुधियाना जिले के टाइगर सफारी से मोरों के अंडे एकत्रित किए जाएंगे। इन अंडों को भटिंडा के बीहार तालाब में वैज्ञानिकों की देख-रेख में रखा जाएगा, जहां इनका प्रजनन कराया

जाएगा। बाद में इन मोरों को मालवा क्षेत्र में छोड़ दिया जाएगा और इस प्रकार इनके अस्तित्व की रक्षा करने के सफल प्रयास किए जाएंगे।

एक किसान का प्रयास

पूर्वी चंपारण में भी अब महफूज नहीं हैं मोर, यह एक बड़ी चिंता का विषय है। जिला मुख्यालय से 40 किमी दूर कल्याणपुर प्रखंड के मनी छपरा पंचायत के माधोपुर गोविंद गांव में करीब पांच दशक पहले यहां के किसान स्वर्गीय चंद्रिका सिंह सोनपुर मेले से मोर के दो जोड़े खरीदकर लाए थे। तब से आज तक इस गांव में लगभग 500 मोरों की बोली गूंज रही है। इस क्षेत्र में कोई जंगल तो नहीं है, लेकिन मोरों के लिए यहां का वातावरण इतना अनुकूल है कि महज 50 साल में यहां मोरों की संख्या 500 का आंकड़ा पार कर चुकी है। अधिकारियों ने तो अपनी कार्रवाई तेज कर दी है, लेकिन मयूर विहार के नाम से जाने जाना वाला यह माधोपुर गोविंद गांव फिलहाल मोरों के लिए असुरक्षित साबित हो रहा है और यहां लगातार हो रही मोरों की मौतों से यहां के ग्रामीण भी गमगीन हैं।

दिन भर इधर-उधर खेतों में भटकने के बाद माकूल जगह न मिलने पर ये मोर रात्रि विश्राम के लिए यहां के बोधी पेड़ के पास जमा हो जाते हैं, जिससे यहां का नजारा अति मनोरम हो जाता है, लेकिन दुख की बात यह है कि इतनी संख्या में राष्ट्रीय पक्षी के होने के बावजूद भी इनके रख-रखाव के लिए अभी तक सरकार के द्वारा कोई कदम नहीं उठाया गया है और शायद वह दिन दूर नहीं,

एक जैन संत के पास रखी हुई मोर पंख की पिच्छी

जब इस क्षेत्र में भी मोरों की आवाजाही के लिए लोगों को तरसना पड़ेगा। यहां के स्थानीय लोग इन मोरों को वरदान मानते हैं, क्योंकि ज्यों-ज्यों इस क्षेत्र में इनकी आबादी बढ़ रही है, उसी अनुपात में यहां के किसानों की पैदावार भी बढ़ रही है। दुख की बात तो यह है कि बिना सरकारी देखरेख के इन पर दुख के बादल मंडराने लगे हैं। इसका उदाहरण है जनवरी 2012 में महज तीन दिनों के अंदर पांच मोरों की मौत। यहां के मुखिया गुड्डू सिंह ने पांच मोरों की मौत की पुष्टि की और इसकी सूचना वरिष्ठ अधिकारियों को भी दी गई, लेकिन सरकार इस हादसे को किस रूप में ले रही है, यह अब तक

तो सार्वजनिक नहीं हो पाया। कम से कम लगभग 6 फीट लंबाई व 8 फीट चौड़ाई वाली जगह पर सही तरीके से रहने वाले ये राष्ट्रीय पक्षी रात होते ही यहां के बोधी पेड के नीचे किसी तरह से अपना जीवन यापन करके एक-एक कर मरने को विवश हो रहे हैं। तीन से पांच अंडे देने वाले व लगभग झुंड में रहने वाले ये मोर जगह के अभाव में इधर-उधर भटक रहे हैं और मरने को विवश हैं। लगभग 40 से 50 साल तक जिंदा रहने वाले मोर कम से कम बिहार प्रांत के इस क्षेत्र मे अपनी आबादी तो बढ़ा चुके हैं, लेकिन सरकारी देख-रेख के अभाव में ये मरने को विवश हैं। ऐसे में राष्ट्रीय पक्षियों की इस दुर्दशा को सरकार कितनी गंभीरता से लेती है, यह तो आनेवाला समय ही बताएगा। प्रसिद्ध रंगकर्मी प्रसाद रत्नेश्वर ने इस मसले को गंभीरता से लेते हुए जिला प्रशासन से मांग की थी कि शीघ्र ही इन खूबसूरत पक्षियों की देख-रेख के लिए सही उपाय किए जाएं। उधर मधुबन विधायक शिवजी राय से जब बातचीत की गई, तो उन्होंने मामले को गंभीर बताया व शीघ्र ही सरकारी स्तर पर उचित कार्रवाई का आश्वासन भी दिया। जिलाधिकारी नर्मदेश्वर लाल ने भी बताया कि मामला गंभीर है। इस हादसे को लेकर पूरी जांच पड़ताल की जा रही है और दोषी व्यक्तियों को सजा जरूर मिलेगी। बहरहाल, वरिष्ठ अधिकारियों ने तो अपनी कार्रवाई तेज कर दी, लेकिन मयूर विहार के नाम से जाने जाना वाला यह माधोपुर गोविंद गांव फिलहाल मोरों के लिए असुरक्षित साबित हो रहा है। बच्चो! यदि आपके आसपास भी मोरों की मौत या उनको सताए जाने की खबर मिले तो तुम्हें क्या करना चाहिए! अपने अभिभावकों को बताना चाहिए और हर संभव मोरों के बचाव के लिए प्रयास करना चाहिए, क्योंकि मोर हमारा

राष्ट्रीय पक्षी है और इसकी रक्षा करना न केवल हमारा कर्तव्य है, वरन धर्म भी है, क्योंकि हमारे धर्म में मोर का बहुत उच्च स्थान है। जानते हो चंपारण भगवान महावीर का प्रिय क्षेत्र रहा है और जैन संत और मुनि अपने साथ मोर पंख की जो पिच्छी रखते हैं, वह उन पंखों से बनाई जाती है, जो मोर त्याग देते हैं।

मोरों की रक्षा के लिए जैन संतों का भी बड़ा योगदान है। सरकार ने जब मोरों के पंखों पर प्रतिबंध लगाया जैन संतों ने एक लंबा आंदोलन चलाया था।

छत्तीसगढ़ में भी मोरों पर संकट

प्रशासन के उपेक्षापूर्ण रवैये के चलते छत्तीसगढ़ में राष्ट्रीय पक्षी मोर पर संकट मंडराने लगा है। मोर को कैद करके उसे शोभा की वस्तु

बना लेने का चलन इन दिनों राज्य में गति पकड़ रहा है। यह चिंता का विषय है। वन विभाग इस ओर ध्यान देने के लिए तैयार नहीं है। परिणाम यह है कि मोर इन दिनों संकट में हैं। बिलासपुर जिले के ग्राम मलहार के एक मंदिर परिसर में कई मोर वर्षों से एक बाड़े में बंद हैं और दर्शनार्थियों के लिए आकर्षण का केंद्र बने हुए हैं, इन्हें वही खिलाया जाता है, जो मंदिर में प्रसाद के रूप में चढ़ता है। इन मोरों की देखरेख के लिए किसी तरह की कोई व्यवस्था नहीं है। मंदिरों में आने वाले दर्शनार्थी मोरों के साथ खिलवाड़ भी करते हैं और अचानक ही कुछ खाने के लिए भी दे देते हैं। खाने के लिए दी जाने वाली सामग्री स्तरीय है या नहीं, इसकी जांच की चिंता किसी को नहीं है। वन विभाग ने इन मोरों की मुक्ति के लिए कभी कोई कदम नहीं उठाया।

छत्तीसगढ़ ही नहीं मोरों के प्रति आस्था तो सम्पूर्ण भारत वर्ष में रखी जाती है, लेकिन यहां अधिकांशतः आदिवासी लोग रहते हैं, जो सदियों से मोरों की देखरेख करते आए हैं और कर रहे हैं। ये लोग मोरों के वास्तविक पालनकर्ता हैं और सदियों पहले जो कार्य मौर्य वंश के लोग करते थे, उसे आज ये अंजाम देकर अपने राष्ट्रीय एवं धार्मिक कर्तव्य को भली-भांति निभा रहे हैं।

सत्य नारायण बाबा धाम, रायगढ़ पहाड़ मंदिर की पीछे रहने वाले एक शिक्षक और गोमरड़ा गांव में ग्रामीणों द्वारा अवैध रूप से राष्ट्रीय पक्षी को बंधक बनाने का प्रकरण सार्वजनिक चर्चा का विषय है, पर छत्तीसगढ़ शासन को इस संदर्भ में अब तक कोई जानकारी नहीं है। सत्य नारायण बाबा के मंदिर कोसमनारा की दूरी जिला

मुख्यालय से दो किलोमीटर है। यहां पर तीन मोरनियों और एक मोर को छोटे से पिंजरे में बंद करके रखा गया है। प्रदेश के कई अधि़कारी इस आश्रम में दुआएं मांगने के लिए आते हैं। मोरों को देखते भी हैं, पर उनकी मुक्ति का मार्ग नहीं खोज पाते। तंग कमरों में बंद होने के कारण पक्षियों की आयु पर भी फर्क पड़ता है। इन पक्षियों को पालतू बनाकर यदि बाद में जंगल में छोड़ा जाए, तो उनकी जान जाने का खतरा 80 प्रतिशत तक बढ़ जाता है, ऐसा पशु विशेषज्ञों का कहना है। छत्तीसगढ़ में 11 अभयारण्य हैं, जिनमें से चार में मोर का अस्तित्व अभी भी है। इसके अलावा अमरकंटक, राजस्थान, पेनरा और बालाघाट के जंगलों में भी मोर पाए जाते हैं।

छत्तीसगढ़ में मोरों की उपस्थिति अधिकांशतः आदिवासी बाहुल्य क्षेत्रों में है। आदिवासी लोग प्रकृति से सीधा संपर्क होने के कारण मोरों के साथ किसी भी तरह की छेड़छाड़ नहीं करते हैं। राज्य के वन्य प्राणी मुख्य वन संरक्षक आर के टामटा के अनुसार, मोरों को बंधक बनाकर रखना अपराध की श्रेणी में आता है। डीएफओ आशुतोष मिश्रा ने बताया कि मोरों को बंधक बनाए जाने की सूचना उन्हें मीडिया के माध्यम से मिली है। इस तरह के जीवों को रखने के लिए अभी तक कोई विशेष व्यवस्था नहीं है। अतः वैकल्पिक स्थान की खोज की जा रही है।

बच्चो! मोरों को इस तरह बंधक बनाकर रखना अच्छी बात नहीं है। यदि आपके आसपास लोग मोरों को पालते हैं और बंधक बनाते हैं, तो आपको उसका विरोध करना चाहिए, क्योंकि मोर वन्य प्राणी है और उसे वनों और जंगलों में ही रहना चाहिए।

लेकिन मोर खुद हमारे पास आए तो

बच्चो! हमने बताया कि मोरों को जंगलों में ही रहना चाहिए, लेकिन जंगल तो आजकल घटते जा रहे हैं। इसलिए उनके भोजन का अभाव होता जा रहा है, ऐसी स्थिति में मोर यदि भोजन की खोज में भटकता हुआ मानव बस्ती में आ जाए तो हमें उसके साथ क्या करना चाहिए!

हां, यह शंका भी उचित ही है, क्योंकि कई बार मोर मानव बस्ती में अपने आप ही आ जाते हैं। ऐसा होने पर हमें मोर को साफ दाना डालना चाहिए और उसे सताना नहीं चाहिए। ऐसे अनेक उदाहरण हैं। धार्मिक केंद्रों पर तो मोर कई बार देखे जाते हैं, जो जंगल से आते हैं। कई बार इस तरह के समाचार भी अखबारों में प्रकाशित होते रहते हैं, जो बड़े ही दिलचस्प होते हैं। दो ऐसे ही किस्से हम आपको सुनाते हैं, जो बड़े ही सुंदर हैं।

पहला किस्सा

जोधपुर के एक सरकारी अस्पताल में नित्य प्रति मोर मरीज़ों के पास आता है और आकर नाचता है। राजस्थान के ही उदयपुर के एक मंदिर में पूजा और आरती के समय दो मोर आते हैं और प्रसाद लेने के बाद चले जाते हैं। लोग इन मोरों को सच्चे भक्त मानते हैं।

बच्चो! जैसे हम लोग हिन्दू, मुस्लिम, सिख या ईसाई आदि धर्मों में बंटे हुए हैं, मोरों को इन धर्मों से कोई फर्क नहीं पड़ता। उनके लिए तो हर इंसान केवल इंसान ही है। हिन्दू या मुसलमान नहीं, क्योंकि ये मोर जहां मंदिरों या अस्पतालों में चले जाते हैं वहीं इन्हें मस्जिदों में भी जाने से कोई परहेज नहीं है। कुछ दिन पहले अखबारों में एक दिलचस्प खबर छपी थी, हम उसे ही यहां सुना रहे हैं :

दूसरा किस्सा

उत्तर प्रदेश के एक गांव की मस्जिद में आने वाला एक नमाजी थोड़ा खास है। यह कोई इंसान नहीं, बल्कि मोर है। यह अनोखा 'नमाजी' नमाज के वक्त मस्जिद में जाकर मनमोहक तरीके से नाचता है। बुलंदशहर के बोकरासी गांव स्थित इस इकलौती मस्जिद का यह अद्‌भुत नमाजी आकर्षण का केंद्र बन गया है।

अल्लाह के प्रति मोर के इस अटूट जुड़ाव को देखकर स्थानीय लोग उसे प्यार से ऊपर वाले का परिंदा कहकर बुलाते हैं। मस्जिद के मौलाना रहमान कहते हैं कि नमाज का समय शुरू होने से पहले मोर मस्जिद की दीवार पर आकर बैठ जाता है और जैसे ही नमाज शुरू होती है, वह मस्जिद के अहाते में आकर नाचने लगता है।

ग्रामीणों के मुताबिक विगत दो वर्षों से वे नमाज के समय इस मोर को नाचते हुए देख रहे हैं। स्थानीय निवासी बाबर खान कहते हैं कि मोर समय का बहुत पाबंद है। खासकर शाम को अदा की जाने वाली अजान की नमाज शुरू होने से पहले वह चबूतरे पर आकर बैठ जाता है और मस्जिद आने वाले नमाजियों का घूम-घूमकर इस्तकबाल करता है।

जैसे ही नमाज की अजान शुरू होती है, वह मनमोहक ढंग से नाचना शुरू कर देता है। यह कभी न भूलने वाले लम्हें जैसा होता है। उन्होंने कहा कि शुरुआत में तो मोर के इस व्यवहार से हम सब हतप्रभ थे, लेकिन अब नमाज के दौरान मोर का नाचना आम बात हो गई है। ग्रामीणों का कहना कि करीब चार साल पहले यह मोर गांव में पहली बार दिखा था।

शुरुआत में गांव के कुछ लोग उसे खाना खिलाते थे। धीरे-धीरे वह सबका चहेता बन गया। मौलाना कहते हैं कि करीब दो साल पहले एक दिन मोर नमाजियों के पीछे-पीछे मस्जिद परिसर आया था। उसके बाद वह लगातार नमाज के वक्त नियमित रूप से आने लगा। इसलिए मोर के विषय में कहा जा सकता है कि वह भी ईश्वर में आस्था रखता है, लेकिन वह हमारी तरह जाति या धर्मों में बंटा हुआ नहीं है। उसके लिए तो ईश्वर बस ईश्वर यानी कि भगवान ही है। मोर को तो नदी के तट पर भी नाचते हुए देखा जाता है और बागों में भी और यदि वह मंदिर या मस्जिद में आकर नाचता है तो इसमें आश्चर्य की कोई बात नहीं, लेकिन हमें इससे सीख लेनी चाहिए कि हम सब एक हैं अर्थात् हिन्दू मुस्लिम सिख ईसाई, आपस में सब भाई भाई।

सत्यम् शिवम् का प्रतीक है मोर

भारत में लगभग 2000 से अधिक विभिन्न पक्षियों की प्रजातियां मौजूद हैं और उन सभी में वैसे तो सभी सुंदर हैं, फिर भी सबसे अधिक आकर्षक, भव्य, मनोरम पक्षी है मोर, वही मोर जिसे गत शताब्दी के सातवें दशक में भारत का राष्ट्रीय पक्षी घोषित किया गया, जो हमारे लिए गौरव की बात है। मोरों की आकृतियां भारतीय रिजर्व बैंक ने कई नोटों पर भी प्रकाशित की है और कई सिक्कों पर भी इसे अंकित करके देश ने मोर को सच्चा सम्मान दिया है। भारत ही

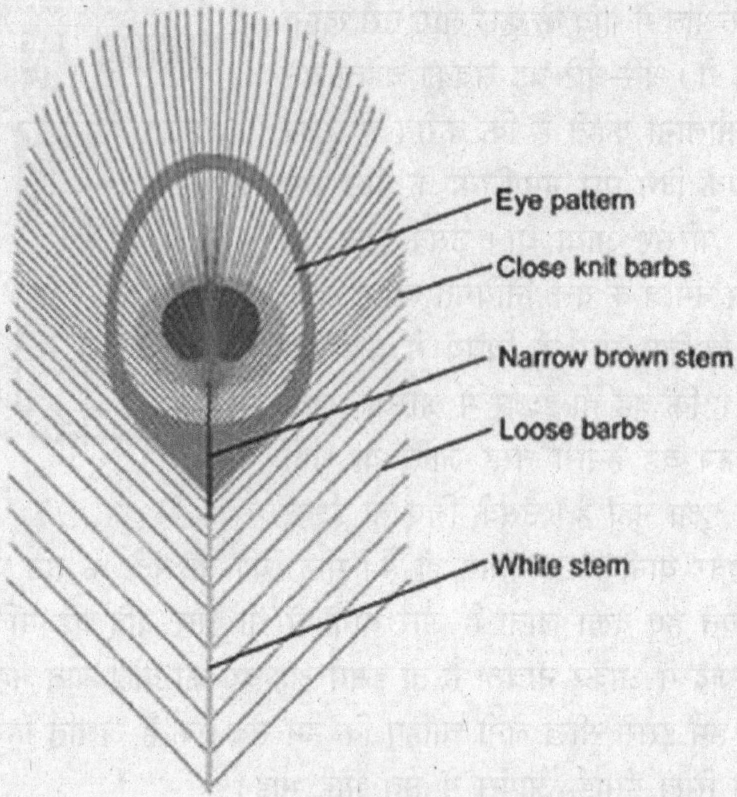

मोर के चंदे (कलगी) के भाग

नहीं विश्व के कई अन्य देशों में भी मोर को बड़ा सम्मान दिया गया है और इस पर डाक टिकट तक निकाले गए हैं। भारत में नोटों पर मोर की आकृतियां तो आपने देखी ही होगी, लेकिन शायद विश्व में डाक टिकटों या नोटों पर मोर की आकृति न देखी हो, इसलिए हम यहां एक विदेशी डाक टिकट कर चित्र भी दे रहे हैं, जिस पर मोर का पंख बड़ा ही सुंदर प्रकाशित किया गया है।

नर तथा मादा मोर दोनों की पूंछ लगभग एक समान होती है लगभग 45 सेंटीमीटर लम्बी। मोर के पंखों की संख्या लगभग 150 से 160 के बीच होती है। मोर पंख पर नील लोहित (बैंगनी) रंग की आंख जैसे बिन्दु होते हैं, जो ताम्बई रंग की आंख के समान एक सुंदर आकृति जैसे दिखते हैं। इन आंखों के बीच में चमकदार जामुनी गट्टे होते हैं। उल्लेखनीय है कि मात्र नर की ही पूंछ होती है और मोरनी बिना पूंछ वाली भूरे रंग की होती है। हम यहां मोर के चंदों

का एक चित्र खासतौर से आपके लिए दे रहे हैं, ताकि मोर के चंदे का अध्ययन किया जा सके। बच्चो! आपने मोर का चंदा अवश्य ही देखा होगा। यह एक बहुत ही पवित्र माना जाता है और कई छात्र इसे कॉपी के बीच में भी रखते हैं।

मोर के सिर पर नीली थिरकती हुई कलंगी रहती है, जिसे देख कर लगता है मानो उसने नीलमणि वाला मुकुट धारण कर रखा हो। कलंगी बहुत ही सुंदर होती है, यहां चित्र में आप उसे स्पष्ट देख सकते हैं।

उसकी सुंदर लम्बी गर्दन तथा सिर का गहरा नीला रंग उसे अति विशिष्ट सौंदर्य प्रदान करता है। उसके पंखों का रंग चमकदार हल्का कत्थई होता है, जिसमें सफेद धारियां उसे और भी अधिक सुंदर बना देती हैं। उसके पेट वाला भाग बादामी रंग का होता है, जबकि सुंदर परों का रंग गाढ़ा हरा होता है। सुंदरता के मामले में मोरों की किसी से प्रतिस्पर्धा नहीं है। इसकी सुंदरता देखकर तो कलाकार भी दांतों तले अंगुली दबाते हैं और उनकी कुंची और रंग ऐसा सुंदर चित्र मुश्किल से ही बना पाते हैं। मोर वास्तव में प्रकृति का अद्‌भुत प्राणी है। यह पक्षी जितना सुंदर है, उतनी सुंदरता वाला पक्षी शायद ही कोई दूसरा हो। ईश्वर की यह सुंदर अनुकृति हमारे लिए, हमारे पर्यावरण के लिए और हमारे किसानों के लिए एक वरदान है। हमारे लिए गौरव की बात है कि मोर भारत के अनेक भागों में बड़ी संख़्या में पाए जाते हैं। यूपी, हरियाणा और मध्य प्रदेश में तो यह बड़ी संख़्या में मिलते हैं। दक्षिण भारत में भी कम नहीं हैं।

बच्चो! हम यहां आपको एक जानकारी और देना चाहते हैं और

वह है कि ये पक्षी वर्ग में शुमार जरूर किए जाते हैं, किन्तु ये उड़ने में कुशल नहीं होते। इतना सुंदर पक्षी और उड़ने में कुशल नहीं, यह कोई मायने नहीं रखता। वैसे हम आपको बात दें कि अधिकतम 4 या 5 मीटर की ऊंचाई पर लगभग 20-25 मीटर उड़ने के पश्चात ये जमीन पर आकर दौड़ने लगते हैं। मोर को अपनी सुंदर पूंछ का मूल्य प्रायः अपनी जान गंवा कर चुकाना पड़ता है। वे अधिक उड़ नहीं सकते, क्योंकि उसकी सुंदर पूंछ उसे दौड़ने तथा उड़ने में बड़ी ही बाधक होती है। उसे प्रायः अपने घोंसले से नीचे उतरना ही पड़ता है और इसका लाभ उठा कर बाघ, तेंदुए, भेड़िए जैसे शिकारी जन्तु उसका शिकार कर लेते हैं, जबकि बिना पंखों वाली मोरनी आसानी से अपनी रक्षा कर लेती है। इस कारण नर मोर सामान्यतः शिकार हो जाते हैं। बच्चो! लेकिन मोर फिर भी काफी सतर्क रहता है और इसने अपनी रक्षा के लिए युक्तियां खोज रखी हैं। वैसे कुछ पशु-पक्षी मांसभक्षी ही होते हैं, जिनके लिए प्रकृति ने शिकार का प्रबंध किया हुआ है, लेकिन जो शाकाहारी हैं, उन्हें तो कम से कम शिकार के बारे में नहीं सोचना चाहिए, परंतु पशु-पक्षी हमारी तरह बुद्धि थोड़े ही रखते हैं। यदि इनमें बुद्धि और समझने की वाक्‌शक्ति होती तो सचमुच हमारी प्रकृति कितनी और सुंदर हो जाती। पर कोई बात नहीं हमारी प्रकृति तो अभी भी काफी सुंदर है। और भारत की प्राकृतिक छटा तो इतनी सुंदर है कि इसके सामने स्वर्ग की कल्पना भी फीकी पड़ती है। चलो हम अपनी बात आगे बढ़ाते हैं। तो हम कर रहे थे मोर के उड़ने की बातें और इनके शिकार पर जता रहे थे चिंता। हैं ना, यही था ना? तो जान लीजिए सुरक्षा की दृष्टि से मोरनी झाड़ियों के भीतर जमीन में गड्ढा बनाकर उसमें घास-फूस बिछा कर प्रजनन

काल में, घोंसला बनाती है और वहीं 4 से 6 तक बड़े-बड़े अंडे देती है। अंडों को नर-मादा दोनों सेते हैं। मोर सर्वभक्षी पक्षी होते हैं। वे बीज, बेर, बरगद के फल मुख्य रूप से अपने आहार के रूप में लेते हैं, इनके साथ-साथ वे सांप, बिच्छू, कनखजूरे, छिपकली, टिड्डों आदि को भी अपना आहार बनाते हैं। इस तरह ये प्राकृतिक संतुलन में महत्वपूर्ण भूमिका अदा करते हैं। बच्चो! प्राकृतिक संतुलन ही बड़ी बात है। यदि किसी कारण से प्राकृतिक संतुलन में कुछ बिगाड़ आ जाता है, तो बड़ी-बड़ी प्राकृतिक आपदाएं आती हैं। भूकंप, अकाल और महामारी ऐसी ही हैं। इसलिए हमें प्राकृतिक संतुलन को बनाए रखने के लिए भरपूर योगदान देना चाहिए।

मोर से संबंधित पर्व

बच्चो! त्योहार तुम्हें बड़े अच्छे लगते होंगे। होली हो या दीपावली या फिर क्रिसमस हो या ईद, इन्हें मनाने में बड़ा आनंद आता होगा। एक तो इस दिन स्कूल से छुट्टी होती है और दूसरे खाने को बड़े अच्छे-अच्छे पकवान और मिष्ठान्न मिलते हैं। है ना आनंद की बात! लेकिन क्या आपने कभी मोरों से संबंधित पर्व भी सुना है!

नहीं सुना ना, क्योंकि भारत में तो शायद ऐसा पर्व मनाया नहीं जाता। अरे हां, हमने इसी पुस्तक में आपको पहले बताया है कि मोर खाप और मौर्य वंश के लोग आज भी मोरों को श्रद्धा से देखते हैं और तीज-त्योहार के अवसर पर इन्हें विशेष दाना-पानी देते हैं।

इन लोगों का आराध्य गणेश है और ये मानते हैं कि गणेश मूषक के स्थान पर मोरों की सवारी भी करते हैं। हरियाणा और

पंजाब में इस खाप के लोग बड़ी संख्या में हैं; पुरानी पीढ़ी के लोग अपनी सभी परम्पराओं से अवगत हैं, लेकिन नई पीढ़ी के युवा कुछ परम्पराओं को भूलते जा रहे हैं। बच्चो! हमें कभी भी अपनी प्राचीन परम्पराओं को भूलना नहीं चाहिए और अपने बड़ों से अपने पूर्वजों के बारे में अधिक से अधिक जानकारी जुटाकर अपनी विरासत के बारे में विस्तार से जानने का प्रयास करना चाहिए।

जैन संतों के बारे में तो सुना ही होगा। ये संत मोरों की पिच्छी के साथ-साथ मोरों के चंदों से बना छाता लगाकर भी चला करते थे। कुछ ब्राह्मण भी मोरों के चंदे के छाते की छाया में चला करते थे। छाते को उनके सेवक लेकर उनके साथ-साथ चला करते थे। जैन

संतों के आश्रमों में जहां मोर हर समय आनंद मग्न रहकर अपना ही पर्व सा मनाते रहते थे, वहीं ब्राह्मण कार्तिक मास में मोरों की पूजा किया करते थे। कार्तिक के महीने में मोरों की विशेष सेवा करने की परम्परा हमारे भारत में रही है, लेकिन आजकल हम अपनी परम्पराओं और संस्कृति से कटते जा रहे हैं, जो अच्छे संकेत नहीं हैं।

मोरों से संबंधित कुछ तीज-त्योहार तो हमारे पड़ोसी देशों में भी मनाए जाते हैं। चीन का नाम सुना ही होगा और नक्शे में भी देखा

होगा। वहां भी मोर बड़ी संख्या में पाए जाते हैं और वहां के किसान मोरों को अपना परम मित्र मानते हैं। शी श्वांग पान ना चीन में प्रसिद्ध पर्यटन शहर है। वहां की उष्ण कटिबंधीय, वर्षा भौगोलिक स्थिति, वन और अल्पसंख्यक संस्कृति उल्लेखनीय है। हर अप्रैल के मध्य में शी श्वांग पान ना में फश्वी त्यौहार आयोजित होता है, इस त्यौहार में व्यक्ति एक दूसरे पर पानी के छींटे डालते हैं। शी श्वांग पान ना ताई जाति का इलाका है, और ताई जाति के परम्परागत नृत्य में सब से प्रसिद्ध है मोर नृत्य, इसलिए शी श्वांग पान ना का और एक सुन्दर नाम है मोर का घर, और ताई जातीय लोगों के विचार में मोर भव्य और सुन्दरता का प्रतीक है। त्यौहार में ताई जातीय लोग अकसर इकट्ठा होकर मोर नृत्य देखते हैं।

श्री लंका के बारे में भी आपने सुना ही होगा। भगवान श्रीराम ने कभी श्रीलंका पर विजय हासिल की थी और माता सीता को मुक्ति दिलाई थी। पापी राजा रावण माता सीता का अपहरण करके ले गया और उन्हें श्रीलंका की अशोक वाटिका में रखा था। उस अशोक वाटिका में तरह-तरह के पेड़ हुआ करते थे और उन पर अन्य पक्षियों के साथ-साथ मोर भी बड़ी संख्या में थे। मोरों का सुंदर नृत्य देखकर ही माता सीता अपना गम भुलाने की कोशिश किया करती थी और हां हम आपको बता दें कि वह अशोक वाटिका आज भी है और उसमें मोर आज भी रहते हैं। वहां की सरकार ने उसे पर्यटन स्थल घोषित किया है और उसमें माता सीता और प्रभु श्रीराम की सुंदर मूर्तियां भी लगाई गई हैं।

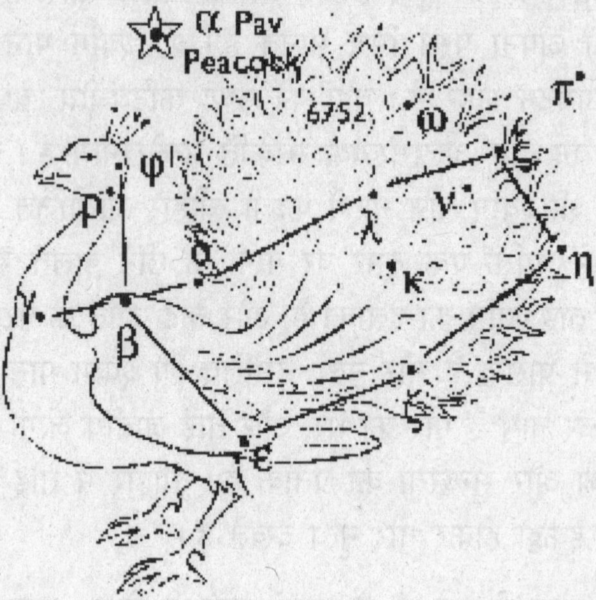

मोर तारामंडल

मोर का हमारे तारामंडल से भी गहरा संबंध है। बच्चो! जब भूगोल से मोर का संबंध है, तो फिर हमारे खगोल से क्यों नहीं होगा। लेकिन यह संबंध कोई वास्तविक नहीं, काल्पनिक है, लेकिन वैज्ञानिक तर्कों पर अवश्य ही आधारित है।

मोर या पैवो तारामंडल खगोलीय गोले के दक्षिणी भाग में दिखने वाला एक तारामंडल है। इसमें कुछ मुख्य तारों को लकीरों से जोड़कर एक काल्पनिक मोर (पक्षी) की आकृति बनाई जा सकती है। पैवो लातिनी भाषा में मोर के लिए शब्द है। इसकी परिभाषा औपचारिक रूप से सन् 1612 या 1613 में पॅट्रस प्लैंकियस (Petrus Plancius)

नामक डच खगोल शास्त्री ने की थी, हालांकि इसके नाम का प्रयोग 1597-98 से ही शुरू हो चुका था।

मोर तारामंडल को हम अंग्रेजों की आंग्ल भाषा में 'पेवो कॉन्स्टॅलेशन' (Pavo constellation) के नाम से जानते हैं, लेकिन कभी-कभी इसको पीकॉक कॉन्स्टॅलेशन (Peacock constellation) भी कहते हैं, क्योंकि पीकॉक अंग्रेजी में मोर के लिए शब्द होता है। फारसी में इसको ताऊस सूरत-ए- फलकी कहते हैं। ताऊस फारसी में मोर को कहते हैं, उदाहरण के लिए विश्व-प्रसिद्ध मोर सिंहासन (Peacock throne, पीकॉक थ्रोन) को कभी-कभी भारत में भी तख्त-ए-ताऊस कहा जाता है। सूरत-ए-फलकी का अर्थ फलक (आकाश) में तारों से बनाने वाली सूरत। यूनानी में भी इसे ताऊस अस्तेरिस्मोस कहा जाता है। यूनानी में अस्तेर तारे को कहा जाता है। मोर तारामंडल में 7 मुख्य तारे हैं, हालांकि वैसे इसमें 24 तारों को बायर नाम दिए जा चुके हैं। इनमें से 5 के इर्द-गिर्द गैर-सौरीय ग्रह परिक्रमा करते हुए पाए गए हैं। इस तारामंडल के मुख्य तारे इस प्रकार हैं –

- अल्फा पैवोनिस (a Pav) – यह एक द्वितारा है, जो हमारी पृथ्वी से आकाश में दिखने वाला सबसे रोशन तारों में से एक है।
- डॅल्टा पैवोनिस (d Pav) – यह सूरज से बहुत मिलता-जुलता (लेकिन आयु में ज्यादा) G श्रेणी का तारा है।
- फाई 2 पैवोनिस (f2 Pav) – यह भी एक सूरज से मिलता-जुलता (लेकिन F श्रेणी) का तारा है। खगोलशास्त्रियों ने सन् 1998 में इसके इर्द-गिर्द एक गैर-सौरीय ग्रह पाए जाने की घोषणा की थी लेकिन अब इसमें कुछ संदेह है।

* भिड़ती आकाशगंगाएं (interacting galaxies) – पैवो तारामंडल के क्षेत्र में तीन ऐसी आकाशगंगाएं देखी जा सकती हैं, जो समीप होने के कारण अपने गुरुत्वाकर्षण के प्रभाव से एक दूसरे पर खींचातानी कर रही हैं। इनका नामांकन आई सी 4686, आई सी 4687 और आई सी 4689 है। ये पृथ्वी से 25 करोड़ प्रकाश-वर्ष की दूरी पर हैं।

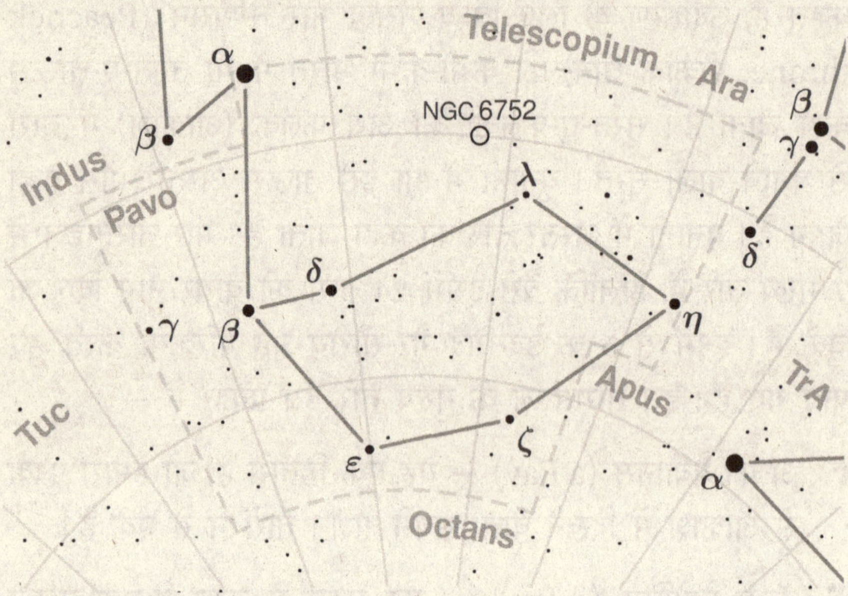

मोर और देवताओं का संबंध

हिंदुओं तथा मुसलमानों में मोर के पंख को लेकर यह विश्वास है कि मोर के पंख के प्रयोग से अमंगल टल जाता है, विशेष रूप से दुरात्मा तो पास ही नहीं आती है। शास्त्रों व ग्रंथों तथा वास्तु एवं ज्योतिष शास्त्र में मोर के पंखों का अति महत्त्वपूर्ण स्थान है। मोर के पंख घर में रखने का बहुत महत्त्व है इसका धार्मिक प्रयोग भी है। इसे भगवान श्री कृष्ण ने अपने मुकुट पर स्थान दे कर सम्मान दिया। मोर मुख्य रूप से दक्षिण एशिया का पक्षी माना जाता है। भला भगवान कृष्ण की मोहक मूर्ति किसने नहीं देखी होगी। बच्चो! आपने भगवान कृष्ण की मूर्ति अवश्य देखी होगी और हां, हो सकता है कि आपने उनकी देखा-देखी कभी अपने मस्तक पर मोर का पंख बांधा भी हो। उनके मस्तक पर मोर का पंख जब लगता था, तो उनकी सुंदरता में चार चांद लग जाते थे।

कुछ गृहस्थ मोरों की पूजा भी करते हैं और यह सब वे अपने धार्मिक विश्वास के कारण ही करते हैं। मोरों की पूजा के समय पति-पत्नी दोनों मिलकर यह धार्मिक कर्म करते हैं। उत्तर भारत में यह परम्परा कुछ लोगों में आज तक है।

मोर को देवताओं का पक्षी होने का भी गौरव प्राप्त है। सरस्वती देवी को हंस वाहिनी माना जाता है, लेकिन कई प्राचीन ग्रंथों में सरस्वती देवी का वाहन मोर भी है, इसलिए विद्यार्थी इस पंख को अपनी पाठ्य पुस्तकों के मध्य भी प्राचीन काल से रखते आ रहे हैं। सरस्वती देवी को मोर भी अति प्रिय है और उनके चित्र में आपने हाथी और हंस के साथ मोर भी देखा होगा। विद्या की यह देवी मोर को बहुत प्रेम करती है।

यही मोर भगवान शंकर के पुत्र कार्तिकेय का वाहन के रूप में भी प्रतिष्ठित है। कहते हैं कि कार्तिकेय ने मोर की सवारी करते हुए अनेक राक्षसों का संहार किया था। कार्तिकेय को मुरुगन के नाम से भी जाना जाता है और इंडोनेशिया में मुरुगन की स्वर्ण की एक मूर्ति विश्व की सबसे बड़ी मूर्ति है। दक्षिण भारत में मुरुगन को बड़ी ही श्रद्धा से पूजा जाता है, जबकि उत्तर भारत में इनके भाई गणेश का ज्यादा महत्व है।

नेपाल आदि देशों में मोर को बह्मा की सवारी के रूप में माना जाता है। यहां तक कि जावा, जापान, इंडोनेशिया थाईलैंड और कई अन्य देशों में भी मोर पूज्य माना जाता है। फिजी, मोरिशस और गुयाना में मोरों को अश्विनी देवता का वाहन माना जाता है। इन देशों में बसे हुए अधिकांश लोग अंग्रेज़ी जमाने में भारत से ही गए हैं। वे लोग वहां अंग्रेज़ों के लिए खेती करने गए थे और कालांतर में वहीं

के होकर रह गए। उन लोगों ने वहां बहुत उन्नति की है। राष्ट्रपति और प्रधानमंत्री तक भारतीय मूल के लोग हैं। अश्विनी देवता की पूजा भारत में भी की जाती है, लेकिन बर्मा में भी यह आराध्य देव माना जाता है। इसलिए हम कह सकते हैं कि हमारे अधिकांश देवी-देवताओं को मोर अति प्रिय था। हज़रत मोहम्मद साहब को भी मोर अति प्रिय था और उन्होंने इसकी हत्या करने को मना किया था। दया की मूर्ति मदर टेरेसा के आश्रम में भी बड़ी संख्या में मोर देखे जा सकते थे। सत्य साईं के आश्रम में मोर आंनद मग्न होकर रहते हैं।

यह तो सब जानते ही हैं कि मोर व सर्प में अत्यंत शत्रु का भाव रहता है, लेकिन कई देवी-देवताओं के पास मोर और सर्प अत्यंत प्रेमभाव से रहते थे। ऐसा पुराण ग्रंथों में लिखा हुआ मिलता है। आदर्श पुरुष और संत महात्माओं के आसपास हिंसक प्राणी भी देवत्व का गुण ग्रहण

कर ही लेते हैं। बच्चो! जैसे देवों की शरण में जाकर मोर और शत्रु अपना वैरभाव भूल जाते हैं, वैसे आप भी कभी किसी से वैरभाव मत करो और प्रेमपूर्वक रहो। प्रेम में बड़ी शक्ति है। भाईचारा ही देश की एकता और अखण्डता को सुरक्षित रख सकता है।

मोर का आयुर्वेद से संबंध

आयुर्वेद में मोरों का बहुत महत्व है। सदियों से भारत में पुत्र प्राप्ति की जो दवाई बनाई जाती है, उसमें मोर के चंदे (कलगी) का इस्तेमाल किया जाता है। इसके अलावा मोर के पंख से टीबी, फालिज, दमा, नजला तथा बांझपन जैसे रोगों का सफलतापूर्वक उपचार संभव होता

है। मोर की बीट से भी कई प्रकार की दवाइयां बनाई जाती हैं और कई संस्थानों द्वारा इनका पालन ही आयुर्वेद के उद्देश्य से किया जाता है।

मोर का वास्तु और ज्योतिष से संबंध

वास्तु और ज्योतिष के विद्वान मोरों के उपयोग से लोगों के जीवन में खुशहाली लाते हैं। बच्चो! लेकिन तुम्हें ज्योतिष के चक्कर में नहीं पड़ना चाहिए, क्योंकि ज्योषित या वास्तु का प्रभाव भी उन बच्चों पर ही पड़ता है, जो स्वयं मेहनती होते हैं और मन लगाकर पढ़ते हैं। हम यहां कुछ प्रयोग दे रहे हैं, लेकिन ये सब मात्र जानकारी के लिए ही हैं:

- घर के दक्षिण-पूर्व कोण में मोर पंख लगाने से बरकत बढ़ती है व अचानक कष्ट नहीं आता है।
- यदि मोर का एक पंख किसी मंदिर में श्री राधा-कृष्ण की मूर्ति के मुकुट में 40 दिन के लिए स्थापित कर प्रतिदिन मक्खन-मिश्री का भोग सायंकाल को लगाए, 41 वें दिन उसी मोर के पंख को मंदिर से दक्षिणा भोग दे कर घर लाकर अपने खजाने या लॉकर्स में स्थापित करें, तो आप स्वयं ही अनुभव करेंगे कि धन-सुख, शान्ति की वृद्धि हो रही है। रुके कार्य भी इस अद्भुत प्रयोग के कारण बनते जा रहे हैं।
- काल सर्प के दोष को भी दूर करने की इस मोर के पंख में अद्भुत क्षमता है। कालसर्प वाले व्यक्ति को अपने तकिये के खौल के अंदर 7

मोर के पंख सोमवार रात्रि काल में डालें तथा प्रतिदिन इसी तकिये का प्रयोग करे और अपने बेडरूम की पश्चिम दीवार पर मोर के पंख का पंखा जिसमें कम से कम 11 मोर के पंख तो हों लगा देने से काल सर्प दोष के कारण आई बाधा दूर होती है।

- बच्चा जिद्दी हो तो मोर पंख को छत के पंखे के पंखों पर लगा दें, ताकि पंखा चलने पर मोर के पंखों की हवा बच्चे को लगे धीरे-धीरे जिद्द कम होती जाएगी।

- मोर व सर्प में शत्रुता है अर्थात् सर्प, शनि तथा राहू के संयोग से बनता है। यदि मोर का पंख घर के पूर्वी और उत्तर-पश्चिम दीवार में या अपनी जेब व डायरी में रखा हो तो राहू का दोष कभी भी नहीं परेशान करता है तथा घर में सर्प, मच्छर, बिच्छू आदि विषैले जंतुओं का वास नहीं रहता है।

- नवजात बालक के सिर की तरफ दिन-रात एक मोर का पंख चांदी के ताबीज में डाल कर रखने से बालक डरता नहीं है तथा कोई भी नजर दोष या अला-बला से बचा रहता है।

- यदि शत्रु अधिक तंग कर रहे हो तो मोर के पंख पर हनुमान जी के मस्तक के सिन्दूर से मंगलवार या शनिवार रात्रि में उसका नाम लिख कर अपने घर के मंदिर में रातभर रखें, प्रातःकाल उठकर बिना नहाये धोए चलते पानी में बहा देने से शत्रु शत्रुता छोड़ कर मित्रता का व्यवहार करने लगता है। इस प्रकार के अनेकों प्रयोगों का हमारे धर्मशास्त्रों में वर्णन मिलता है।

•••

प्रश्नोत्तरी

1. भारत सरकार ने मोर को राष्ट्रीय पक्षी कब घोषित किया?
   (क) 26 जनवरी, 1963 (ख) 26 जनवरी, 1947
   (ग) 15 अगस्त, 1950 (घ) 2 अक्तूबर, 1952

2. मोर की आयु कितनी होती है?
   (क) 20 से 40 वर्ष (ख) 30 से 35 वर्ष
   (ग) 25 से 30 वर्ष (घ) 35 से 40 वर्ष

3. भगवान श्रीकृष्ण कौन-सा मुकुट पहनते थे?
   (क) स्वर्ण मुकुट (ख) मणि मुकुट
   (ग) रजत मुकुट (घ) मोर मुकुट

4. 'नानी तेरी मोरनी तो मोर ले गए' गाना कौन-सी फ़िल्म का है?
   (क) शहीद (ख) क्रांति
   (ग) मासूम (घ) मदर इंडिया

5. मोरों को 'ईश्वर का दूत' किसने माना है?
   (क) कालिदास (ख) विद्यापति
   (ग) बिहारी (घ) सूरदास

6. सबसे पहले किस सम्राट ने मोर को मारने पर पाबंदी लगाई थी?

(क) सम्राट अशोक (ख) सम्राट चंद्रगुप्त मौर्य

(ग) सम्राट अकबर (घ) कोई नहीं

7. सफ़ेद मोर किस मुख्यमंत्री ने पाल रखा है?

(क) अखिलेश यादव (उत्तर प्रदेश)

(ख) अशोक गहलोत (राजस्थान)

(ग) शीला दीक्षित (दिल्ली)

(घ) प्रकाश सिंह बादल (पंजाब)

8. मोर के पंखों की संख्या लगभग कितनी होती है?

(क) लगभग 150 से 160 (ख) लगभग 140 से 150

(ग) लगभग 135 से 140 (घ) लगभग 120 से। 140

9. मोर मुख्य रूप से किस क्षेत्र का पक्षी माना जाता है?

(क) यूरोप (ख) दक्षिण एशिया

(ग) आस्ट्रेलिया (घ) अंटार्कटिका

10. मोर की शत्रुता किस से है?

(क) शेर से (ख) नेवले से

(ग) सांप से (घ) मच्छर से

उत्तर

1. क, 2. ग, 3. ख, 4. ग, 5. क, 6. क, 7. ख, 8. क, 9. ख, 10. ग